같이쑥쑥 가치학교 – 나를 믿는 마음

학교의 요정

초판 1쇄 인쇄 2025년 02월 28일
초판 1쇄 발행 2025년 03월 07일

지은이 이향지
그린이 한나빵
펴낸이 고정호
펴낸곳 베이직북스
주소 서울시 금천구 가산디지털1로 16, SK V1 AP타워 1221호
전화 02) 2678-0455
팩스 02) 2678-0454
이메일 basicbooks1@hanmail.net
홈페이지 www.basicbooks.co.kr
블로그 blog.naver.com/basicbooks_
인스타그램 www.instagram.com/basicbooks_kidsfriends
출판등록 제2021-000087호
ISBN 979-11-6340-090-5 73810

이향지 글 | 한나빵 그림

키즈프렌즈

느려도 서툴러도 나는 내가 좋아

여러분은 자신을 사랑하나요? 아가일 때는 걸음마만 잘 해도 칭찬을 받았는데 유치원에 가고 학교에 다니면서 잘해야 하는 일이 늘어나죠. 칭찬보다는 꾸중을, 격려보다는 잔소리를 듣게 되는 일이 자꾸만 생기지는 않았나요?

옆 친구는 잘하는데 나는 못하는 것 같아 마음이 움츠러드는 어린이가 있다면 손을 내밀어 환영하고 싶어요. 왜냐하면 이 책은 바로 그런 어린이를 생각하면서 쓴 이야기이기 때문이에요.

나를 사랑하지 않으면 어떤 일이 일어날까요? 불쑥불쑥 화가 나기도 하고, 별것 아닌 말에 눈물을 흘리기도 하죠. 고집이 세지기도 하고 친구들이랑 사소한 일로 다투기도 해요. 아니면 아예 입을 꾹 다물고 아무 말도 하지 않기도 하고요. 그러다 보면 또 혼이 나고, 소중히 아껴야 할 나를 자꾸자꾸 미워하는 길로 가게 돼요. 나를 아끼고 소중히 여기는 것이 아니라 함부로 대하게 돼요. 정말 슬픈 일이에요.

나를 미워하는 마음이 커지면 존중하는 마음으로 바꾸는 것이 쉽지 않아요. 바위로 된 산을 넘어서 꽃길을 찾아가는 것처럼 힘이 들어요.

어떻게 하면 나를 소중히 여길 수 있을까요?

먼저 나는 이 세상에 단 하나뿐인 사람이라는 사실을 마음에 똑똑히 새겨야 해요. 그 누구와도 다른 '나' 말이에요. 모든 사람이 다 그래요. 모두 다 부모님이 낳아주신 소중한 사람들이죠. 내가 누구보다 위에 있지 않고, 남이 나보다 위에 있지 않아요.

다 귀한 생명이에요. 모두 소중하고 모두가 다 다르고, 한 사람 한 사람이 자기 속도대로 빛나는 별과 같아요. 밤하늘의 빛나는 별처럼 나 또한 빛나고 있다는 사실을 우리 모두 기억하기로 해요.

내가 못난 것만 같아서 속상해질 때는 이렇게 말해보아요.

"나는 내가 정말 좋아!"

이향지

차 례

학교의 요정

준이의 운동화

학교의
요정

학교에는 어려운 게 너무 많아

1학년 3반 아이들이 가장 기다리는 체육 시간이에요. 아이들은 종이 울리자마자 모두 강당으로 달려갔어요. 단 한 사람, 미루만 빼고요. 미루는 교실에 남아 한숨을 푹푹 쉬고 있었어요. 그리고 아주 천천히 사물함으로 가서 줄넘기를 꺼냈어요. 그 줄넘기의 손잡이는 연두색이고, 줄은 알록달록했어요. 막 문구점에서 산 것처럼 반짝반짝 빛나는 새 줄넘기였지요.

미루는 줄넘기가 싫었어요. 모둠발 넘기 한 번은 넘지만, 두 번째 뛰려고 하면 꼭 발이 걸렸거든요. 그래서 아직도 줄넘기가 새것처럼 보였지요. 몇 번 사용하지 않았으니까요.

터덜터덜 강당으로 걸어가는 미루의 어깨는 축 처져 있었어요.

"미루야, 연습했어?"

강당 문을 열자마자 짝 아윤이가 쪼르르 달려와 물었어요.

"무슨 연습?"

미루가 두 눈을 동그랗게 뜨고 물었어요.

"줄넘기 말이야!"

아윤이는 이렇게 말하며 팔랑팔랑 줄넘기를 했어요. 아이들이 아윤이를 둘러싸고 환호성을 질렀어요.

"줄을 돌리면서 막 뛰면 돼! 너도 해봐!"

아윤이가 미루를 보고 외쳤지요.

미루는 한숨을 푹 쉬었어요. 당연히 미루도 잘하고 싶었지요. 하지만 머리랑 손, 발이 따로 노는걸요. 발이 빠르게 뛰면 팔이 늦게 따라오고, 팔을 빨리 돌리면 발이 줄을 밟았어요.

'마음처럼 안 되는 걸 어떡해!'

배가 살살 아팠어요. 다리도 힘이 풀리고요. 결국 미루는

선생님에게 아프다고 말하고 보건실로 갔어요.

'학교는 왜 이렇게 어려운 것투성이일까?'

미루는 유치원이 그리웠어요. 학교 말고 유치원으로 돌아가고 싶었어요. 하지만 그럴 수 없잖아요. 이제 미루는 학생이니까요.

점심시간이 되었어요.

친구들은 벌써 다 먹고 운동장에 나갔는데, 미루는 아직 반도 먹지 못했어요. 가장 싫어하는 버섯볶음이랑 미역줄기 반찬이 나왔거든요.

'미끌미끌한 반찬이 두 개나 나오다니, 정말 싫다.'

미루는 반찬은 손도 대지 않고 밥만 꾸역꾸역, 계속해서 먹었어요.

'김치는 맵고 반찬은 미끌미끌, 국은 짜면 어떻게 먹으라는 거야? 정말 싫어.'

이렇게 생각하면서요.

"너, 아프다고 한 거 거짓말이지?"

언제 왔는지, 아윤이가 허리에 팔을 올리고 미루에게 따졌어요.

"몰라."

미루는 아윤이의 눈을 똑바로 보지 못했어요.

"너 그래서 언제 줄넘기 급수 딸래? 어?"

아윤이의 콧구멍이 벌렁벌렁했어요. 엄청 화가 난 거예요. 옆에 선 친구들도 고개를 끄덕였어요.

"다음 주는 짝 줄넘기야. 그때도 이럴 거야? 어?"

옆에 있던 친구들도 "맞아, 그거 엄청 어려워."하고 말했어요.

미루는 못 들은 척하며 밥만 꼭꼭 씹었어요. 줄넘기를 혼자 넘으면 그만이지 왜 짝을 지어서 넘어야 할까, 생각하면서요.

'학교 싫다. 급식은 맛없고 줄넘기는 너무 어려워.'

미루는 그만 학교에서 달아나고 싶어졌어요.

"너, 진짜 자꾸 이러면 1학년을 계속 다녀야 해."

아윤이는 입술을 삐죽삐죽 내밀며 말했어요. 미루는 깜짝 놀라 아윤이를 쳐다보았어요. 그런 얘기는 처음 들었거든요.

"정말?"

미루가 물으니까, 아윤이도 조금 자신이 없어졌어요. 하지만 들키고 싶지 않았어요. 그래서 "거짓말 아냐!" 하고 큰소리로 말했어요.

미루는 학교를 그만두는 건 괜찮다고 생각했어요. 하지만 1학년을 계속 다니는 건 싫었어요.

"넌 너무 느려. 그러니까 집에서 줄넘기 연습 좀 해. 어?"

아윤이는 이렇게 소리치고는 식판을 내려 갔어요. 친구들도 "맞아, 맞아!" 하고 아윤이를 따라갔어요. 미루는 한숨을 쉬었어요. 하필 반에서 제일 잘하고 가장 빠른 아윤이랑 짝이 되다니요. 선생님은 알까요? 더하기, 빼기, 받아쓰기와 줄넘기도 잘하지만… 아윤이가 가장 잘하는 건 바로 잔소리라는 것을요.

미루는 밥을 다 먹고 도서관으로 갔어요. 도서관 책장을 돌고 돌아 창가 구석 자리로 갔어요. 거기 쪼그리고 앉아 생각했어요.

'왜 하필 아윤이랑 짝이 된 거야? 정말 싫어. 참견쟁이, 잔소리 대장, 자기가 내 엄마야 뭐야!'

생각하니 더 화가 났어요. 양쪽 콧구멍에서 콧김이 날 만큼 말이에요.

'나보고 느리다고? 연습하라고? 네가 뭔데!'

미루는 화가 나서 다리를 쭉 뻗어 찼어요. 그러자 귀퉁이에 뭉쳐 있던 먼지 뭉치가 풀썩 날아올랐어요.

그때였어요. 킥킥킥. 누군가 웃는 소리가 들렸어요. 킥킥.

"느린 건 맞지 뭘 그래? 킥킥."

목소리는 아주 가까이서 들렸어요. 그런데 주변엔 풀풀 날아다니는 먼지 뭉치밖에 없었어요. 미루는 기분이 나빠졌어요. 그래서 벌떡 일어나 교실로 가려고 했어요.

그때였어요. 미루 손바닥만 한 먼지 뭉치가 날아와 미루의 오른쪽 검지에 꼭 붙었어요. 먼지를 털어내려다 미루는 깜짝 놀랐어요. 먼지 뭉치에 점을 찍은 것처럼 눈과 코, 입이 있었거든요. 팔랑거리는 회색 날개도요.

"가지 마! 제발 부탁이야. 응?"

먼지 뭉치는 금방이라도 울 것 같았어요.

"날 놀린 게 너야?"

미루는 주먹을 꽉 쥐었어요. 화가 나서 한 대 때리고 싶은 마음을 꾹 참고 있었어요. 그런데 먼지 뭉치는 기분 좋은지 까르르 웃었어요.

"역시 넌 들리는구나. 이게 얼마 만이야. 한 오십 년 됐나?"

먼지 뭉치는 회색 솜뭉치처럼 생긴 날개를 파닥거려 미루의 어깨로 올라갔어요.

"그게 무슨 소리야?"

"내 목소리를 듣는 특별한 사람을 만난 거 말이야."

"그거, 칭찬이야?"

"비슷해. 그러니까 일단 앉아 봐."

특별하다는 말에 미루는 입꼬리를 씰룩였어요. 입학 이후 미루는 '느리다', '걱정된다', '그렇게 하면 학교 못 다닌다' 같은 말만 들어왔거든요. 특별하다는 말은 처음이었어요.

미루는 엉거주춤 자리에 앉았어요. 뭉치도 날개를 접고 미루의 무릎 위로 폴짝 뛰어올랐어요. 그리고 흠흠, 기침을 했어요.

"내가 이 학교에서 107년을 살았어."

"그래서?"

"학교에 대해서는 모르는 게 없단 말이지!"

"하나도?"

당연하다는 듯, 뭉치는 눈을 살짝 내리깔고 고개를 끄덕였어요.

"더하기 빼기도?"

"백의 자리쯤이야!"

"받아쓰기는?"

"기본이지!"

"줄넘기는?"

"말해 뭐해!"

미루는 입을 쩍 벌렸어요.

"그러니까 넌 학교의 요정이구나!"

"뭐, 그렇게들 부르더라."

"어쩐지! 이 날개도 멋지고. 대단해!"

뭉치는 어깨를 으쓱하더니 날개에서 길쭉한 먼지 한 가닥을 뽑았어요. 그리고 이렇게 말했어요.

"날개를 탐내는 건 아니지? 인간한테 주기는 아깝거든."

뭉치는 길쭉한 먼지 가닥으로 미루를 콕 가리켰어요.

"네 이름은 하미루. 3월부터 쭉 지켜봤어. 넌 학교를 싫어하지? 그렇지?"

미루는 움찔했어요. 그걸 어떻게 알았을까요.

"그동안 고생이 많았지?"

미루는 으응, 하며 고개를 끄덕였어요.

"이젠 걱정 끝이야. 내가 도와줄게!"

"어떻게?"

미루는 뭉치에게 바짝 다가갔어요. 뭉치가 막대기를 까딱하며 미루의 손을 가리켰어요. 미루가 손바닥을 펴자, 뭉치는 그 위로 폴짝 올라갔어요.

"간단해. 우리가 한 팀이 되는 거야."

"한 팀이라고? 너랑 내가?"

"그래! 107년 동안 배운 걸 다 알려줄게. 너를 위해서!"

"정말이야?"

"그럼! 나는 학교의 요정이잖아. 학교가 너무너무 힘든 어린이를 돕는 요정!"

뭉치가 핑그르르 돌며 위로 폴짝 뛰어올랐어요. 그러더니 미루의 오른쪽 어깨 위로 사뿐히 내려앉았어요.

"가자! 교실로!"

뭉치가 외쳤어요.

"좋아! 교실로!"

미루가 따라 외쳤어요. 미루는 어깨를 쫙 펴고 당당히 걸었어요. 다음 시간은 국어인데요, 받아쓰기도 이제 겁나지 않았어요. 학교에서 107년을 살았다니, 모르는 게 하나도 없다니. 더 바랄 게 뭐 있겠어요?

뭐든지 다 아는 학교의 요정

"1번 문제. 참새가 짹짹 노래해요. 참새가 짹짹 노래해요."

선생님이 받아쓰기 문제를 불러주셨어요. 미루는 '짹'에서 막혔어요. '짹'이라고 써야 하는지 '찍'이라고 써야 하는지 고개를 갸웃갸웃했죠.

"지읒 두 개에 '어'랑 '이', 기역 받침."

뭉치가 눈치를 채고 속삭였어요.

'좋았어!'

미루는 신이 나서 '참새가 찍찍 노래해요.'라고 썼어요.

"그렇지. 그렇지. 아주 좋아."

뭉치가 고개를 끄덕이며 칭찬했어요.

"2번 문제. 공이 데굴데굴 굴러갑니다. 공이 데굴데굴 굴러갑니다."

미루는 조금 고민하다가 '공이 대굴대굴 굴러갑니다.'라고 썼어요. 뭉치는 잘했다고 또 고개를 끄덕였어요.

그렇게 열 문제를 다 썼어요. 이제 짝이랑 바꿔서 채점하는 시간이에요. 선생님이 정답 화면을 보여주셨어요. 백 점을 맞을 거라는 기대와 다르게, 일곱 문제나 틀렸어요.

"아윤이는 또 백 점이네. 난 팔십 점인데! 미루는 몇 점이야?"

뒤에 앉은 애가 고개를 쭉 빼고 물었어요. 미루는 얼른 공책을 덮었어요.

"이게 뭐야!!"

미루는 울먹이며 뭉치를 바라봤어요. 뭉치는 딴 곳만 쳐다보고 있었고요.

"아, 107년 전 교과서는 안 이랬는데…. 맞아! 맞춤법이 바뀌어서 그래. 수학은 그대로니까 걱정 말라고."

뭉치는 실망한 미루에게 큰소리로 말했어요.

수학 시간이 되었어요.

"이번 시간에는 익힘책을 풀어볼 거예요."

미루는 익힘책을 펼치고 뭉치에게 속삭였어요.

"1번 답이 뭐야?"

"아, 그것도 몰라? 그 정도는 스스로 해야지. 그럼, 그럼!"

뭉치는 딴소리를 했어요. 아까는 다 알려줄 것처럼 했으면서요. 미루는 자꾸만 답을 썼다 지웠다 했어요. 아무래도 자신이 없었어요.

그때 아윤이가 미루를 넘겨보며 말했어요.

"미루야, 6이랑 7이잖아. 어제 다 배운 건데 기억 안 나?"

"뭐? 미루 그 문제도 못 풀었어?"

뒤에 앉은 아이가 고개를 쭉 빼고 미루의 익힘책을 보려고 했어요. 미루의 얼굴이 빨개졌어요.

"나, 나도 알아!"

"미루야, 아는 문제일수록 꼼꼼하게 써야 하는 거야."

아윤이가 또박또박 말했어요.

"나도 안다고!"

미루는 익힘책을 덮고 그 위에 엎드렸어요. 어깨 위에서 뭉치가 흠흠, 헛기침을 했어요. 그리고 이렇게 중얼거렸어요.

"거 참, 그새 수학 공부법도 바뀌었나? 흠, 흠흠!"

미루는 참지 못하고 벌떡 일어났어요. 뭉치의 말에 너무너무 화가 났거든요. 미루는 선생님께 화장실에 다녀오겠다고 말하고 교실 밖으로 나갔어요. 하지만 곧바로 도서관으로 걸어갔지요. 한 번씩 어깨를 노려보면서 말이에요.

미루는 도서관 구석 자리로 갔어요. 뭉치를 처음 만난 창가 자리 말이에요.

"잠깐 얘기 좀 해."

미루의 말에 뭉치는 크게 하품을 했어요. 그러고는 흐느적흐느적 미루의 어깨에서 손등까지 걸어 내려왔어요.

"공부 시간에 이렇게 마음대로 움직이는 거 아닌데. 쩝."

"다 안다며?"

"뭘?"

"학교에서 배우는 거!"

"그럼! 다 알지. 이 학교 땅 파던 날 생긴 몸이야, 내가. 107년이나 살았다고. 아, 학교의 요정이라니까."

"이 거짓말쟁이! 국어도 수학도 하나도 모르잖아!"

"옛날 거랑 교과서가 달라진 걸 어떡하냐?"

뭉치는 어깨를 으쓱하며 말했어요.

"야!"

미루가 참지 못하고 소리를 버럭 질렀어요. 그 바람에 뭉치의 가벼운 몸이 휙 하니 창틀까지 날아갔어요.

"요정이고 뭐고, 넌 여기서 천년만년 살아. 나랑 놀 생각하지도 마!"

미루는 몸을 휙 돌려 도서관을 나가버렸어요. 사서 선생님이 놀라 달려왔다가 고개를 갸우뚱하며 자리로 돌아갔어요. 미루 말고는 아무도 없었으니까요.

뭉치는 화들짝 놀라 창틀에서 날아오르더니 미루를 따라갔어요. 복도까지 날아가서야 가까스로 미루를 따라잡았어요.

"정말 나를 두고 가는 거야? 이렇게 여기 먼지 낀 창틀에 나만 두고?"

뭉치가 미루의 등에 매달려 소리쳤어요.

"날개 줄게. 이거 너 가져. 난 또 만들면 돼. 응?"

아끼던 날개까지 뚝 떼어 내밀었어요.

미루는 들은 척도 안 했어요. 뭉치는 미루의 눈앞으로 날아올랐어요.

"그래! 나 아무것도 몰라. 하지만 말 걸어준 애는 70년 만에 네가 처음인데, 이렇게 또 구석에서 쓸쓸하게 살아가란 말이야? 내가 쓸모없는 거지? 그래서 너도 날 버리는 거지?"

뭉치가 회색 날개를 빠른 속도로 파닥이며 외쳤어요. 금방이라도 울음을 터뜨릴 것 같은 목소리였어요.

쌩하니 걸어가던 미루가 우뚝 멈춰 섰어요. 뭉치는 쪼르르 미루의 어깨 위로 올라갔어요.

"줄넘기하는 법 알려줄게. 이번엔 진짜야. 책에서 봤다니까. 응? 미루야, 제발."

언제 울먹였냐는 듯 뭉치가 살살거리며 말했어요.

"아니, 너랑은 이제 끝이야. 아무것도 모르는 먼지 덩어리!"

미루는 손가락으로 뭉치를 떼어 바닥에 내팽개쳤어요. 뭉치는 잽싸게 파닥이며 미루의 바지를 붙들고 매달렸어요. 미루는 다리를 탈탈 털어 뭉치를 떼어냈어요. 그러고는 뒤도

돌아보지 않고 씩씩거리며 복도를 걸어갔어요.

"아무것도 모르는 건 너야! 자기 마음은 모르면서 짝꿍 눈치만 보잖아! 겁쟁이! 바보!"

뭉치가 미루를 향해 소리쳤어요. 미루는 움찔하며 멈추더니 다시 뚜벅뚜벅 걸어가 버렸어요.

도서관에 다녀오니 수학 수업은 이미 끝나고 쉬는 시간이 었어요. 다음 시간은 미루가 가장 좋아하는 미술 시간이에 요. 다른 건 몰라도 만들기라면 자신 있었어요. 다른 때 같았으면 먼저 준비물을 꺼내 놓았을 거예요. 하지만 도서관에 다녀온 뒤로 어쩐지 기운이 하나도 없었어요. 엉터리 같은 뭉치를 떼어냈는데도 말이에요.

그때였어요.

"준비물 가져왔어? 책상 위에 미리 꺼내 놔야지. 넌 내가 매번 말을 해줘야 준비하니?"

아윤이가 또 시작이에요. 가뜩이나 기분이 좋지 않았던 미루는 그 말에 그만 폭발하고 말았어요.

"왜 나한테 이래라저래라야? 네가 뭔데 맨날 잔소리냐고!"

아윤이의 눈이 방울만큼 커졌어요. 미루는 큰맘 먹고 소리쳤어요. 바르르 떨리는 목소리로요. 사실 미루도 말해 놓고 깜짝 놀랐어요.

잠시 아윤이는 아무 말도 하지 못했어요. 너무 놀랐거든요.

"야, 하미루. 너 왜 아윤이한테 그러는 거야?"

"맞아. 널 도와준 거잖아."

친구들이 우르르 몰려와 아윤이를 감싸고, 미루를 향해 따졌어요. 아윤이는 입술을 씰룩거리더니 결국 울음을 터뜨리고 말았어요.

"내아 머아가 잘모태따는 거아. 나느 그앙 더우아주어고, 으아앙!"

(내가 뭘 잘못했다는 거야. 나는 그냥 도와주려고, 으아앙!)

아윤이의 울음소리를 듣고 아이들이 더 많이 몰려왔어요.

"아윤아, 괜찮아?"

친구들은 아윤이 눈물을 닦아주고 등을 쓰다듬어 주었어요. 아윤이는 한참을 울더니 코를 팽 풀었어요. 그리고 팔짱을 척 끼고 미루 앞에 서서 말했어요.

"나도 힘들어! 너랑 짝이 돼서 얼마나 괴로웠는지 알아?"

코맹맹이 소리로, 눈에는 아직 눈물이 그렁그렁한 채로요.

"맨날 늦게 오고, 숙제도 안 해오잖아. 더 이상 어떻게 더 잘해줘야 해? 대체 바라는 게 뭐야!"

여기까지 말하고 또 눈물이 방울방울 차오르는 게 보였어요. 그러자 친구들은 하나같이 아윤이를 토닥여주었지요.

미루는 참을 수 없었어요. 평소 같았으면 미안하다고 말하고 돌아섰을지도 몰라요. 하지만 이번에는 그럴 수 없었어요. 미루는 소매로 눈물을 쓱 닦았어요. 콧물도 쓱쓱 문질렀고요. 그리고 주먹을 꼭 쥐고 소리쳤어요.

"내가 바라는 건! 날 그냥 내버려두는 거야. 난 겁쟁이도, 바보도 아니라고! 나한테는 내 속도가 있단 말이야. 그러니까 정말 도와주고 싶다면 날 기다려 줘!"

그런 말을 해보는 게 처음이라 너무 떨리고 어색했어요. 하지만 당당하게 말했어요. 자기 마음속의 이야기를요.

아윤이와 미루를 둘러싼 아이들은 모두 할 말을 잃었어요.

"하긴, 아윤이가 참견이 좀 심하긴 하지."

누군가 조용히 속삭였어요. 아윤이도 그 말을 들은 것 같았어요. 울먹이는 얼굴로 책상에 풀썩 엎드리는 걸 보니 말이에요.

나에겐 네가 필요해

선생님이 들어오셨어요. 미술 시간이 시작된 거예요. 아윤이는 언제 울었냐는 듯 자세를 고쳐 앉았어요.

"모두 점토 꺼냈죠?"

선생님의 말에 아윤이가 미루를 보았어요.

"미루야, 너 준비물…. 아, 아니다. 네가 알아서 해."

점토 준비하라는 말을 하려던 거겠지요. 하지만 아윤이는 다른 때와 달리 더는 이래라저래라 하지 않았어요. 대신 혼자서 한숨을 푹 쉬었어요. 그리고 이렇게 혼잣말을 했어요.

"기다려 달라고? 시간을 달라는 거야, 뭐야?"

아까 미루가 했던 말을 생각하고 있었나 봐요. 미루는 못 들은 척했어요.

"오늘 만들기 주제는 학교예요. 학교를 생각하면 떠오르는 걸로 만들어 볼까요?"

선생님의 말에 아이들이 웅성거렸어요. "교실을 어떻게 만들라는 거야?", "동물은 안 돼?", "캐릭터는 안 돼?" 아이들의 질문이 많았어요. 아윤이는 벌써 시작했고요.

미루는 가만히 앉아만 있었어요. 언제나 그랬지요. 생각할 시간이 남들보다 조금 더 필요하거든요.

그렇게 한참이 지났어요. 교실이 조용해졌어요. 떠들던 아이들도 각자 만들기를 하느라 바빴거든요. 잠시 후 미루의 입가에 슬며시 웃음이 번지기 시작했어요. 무언가 좋은 생각이 났나 봐요.

미루는 꼼지락꼼지락 무언가를 빚기 시작했어요. 처음에는 작은 막대기 같았어요. 잠시 후 이리저리 굴리더니 동그랗게 만들었어요. 거기에 눈과 코, 입을 만들었어요. 점토가 완성되어 갈수록 미루의 얼굴이 점점 환해졌어요.

미루가 반쯤 만들었을 때였어요.

"선생님, 다 했어요!"

아윤이가 작품을 들어 보였어요. 언제나 그랬던 것처럼 일

등이에요.

"우와! 빠르다!"

36

"엄청 큰 시계야!"

아이들이 고개를 쭉 빼고 아윤이가 만든 걸 보았어요. 아윤이는 커다랗고 동그란 시계를 미루 앞에 쑥 들이밀었어요.

"이거 너 가져."

미루는 무슨 말이냐는 듯 눈을 끔벅거렸어요.

"시간을 달라며. 그래서 아주 크게 만들었다, 뭐!"

말해놓고도 우스운지 아윤이의 입술이 움찔움찔했어요.

"치, 너 진짜 웃긴다."

미루도 피식 웃었어요.

여기저기서 하나둘씩 아이들이 작품을 완성하기 시작했어요. 하지만 미루는 아직도 멀었나 봐요. 수업을 마치는 종이 울리도록 자리에서 꼼짝을 하지 않고 있었으니까요. 얼마나 집중했던지 입이 툭 튀어나와 있었어요.

미술 시간이 끝났어요. 오직 미루만 만들기를 계속하고 있었어요. 조물조물 천천히, 하지만 아주 꼼꼼하게 말이에요.

"됐다!"

마침내 미루가 손에서 점토를 놓았어요. 아윤이 옆에 모여

있던 아이들이 그걸 보고 미루 주위로 모여들었어요.

"우와!"

"진짜 공 같아!"

"아니야. 인형 같은데?"

"너무 귀여워!"

아이들의 말에 미루는 씩 웃기만 했어요.

아윤이도 흘끔 보더니, "인형이 뭐 저렇게 생겼냐?" 하고 입을 삐죽거렸어요.

미루는 자기가 만든 작품을 찬찬히 보았어요. 무언가를 만들려던 건 아니었어요. 그저 마음이 가는 대로 굴리고 붙였을 뿐이에요. 그런데 가만 보니 누구를 많이 닮았지 뭐예요.

"그 애가 필요해!"

갑자기 미루가 자리에서 벌떡 일어났어요. 그리고 어딘가로 후다닥 달려갔어요. 입학한 이후로 가장 빠르게 움직이는 거였어요.

미루는 도서관으로 들어가 뭉치를 찾았어요. 하지만 뭉치는 자리에 없었지요. 창틀은 먼지 하나 없이 깨끗했어요.

"선생님! 저기 구석에 있던 먼지 뭉치 못 보셨어요?"

미루가 사서 선생님을 찾아 다급하게 물었어요. 선생님은 복도에서 쓰레기봉투를 묶고 계셨어요.

"방금 내가 청소했어. 거기는 왜 아무리 치워도 먼지가 자꾸 생기나 몰라. 깨끗해지니까 좋지?"

선생님은 쓰레기봉투를 꽉 묶더니 미루를 보고 활짝 웃으셨어요.

"안 돼요. 그건 그냥 먼지가 아니란 말이에요!"

미루가 소리치는 바람에 사서 선생님은 몹시 당황했어요. 미루는 울먹이며 복도로 뛰쳐나갔지요.

그때였어요.

"날 찾았나?"

익숙한 목소리가 들렸어요. 뭉치였어요. 뭉치는 회색빛 날개를 파닥거리며 미루를 향해 날아왔어요.

"살아 있었구나!"

미루는 너무 반가워 소리쳤어요.

"난 죽지 않아. 바로⋯."

"학교의 요정이니까!"

미루는 두 손으로 뭉치를 감싸며 말했어요. 눈에는 그렁그렁 눈물이 맺혀 있었지요.

"날 좀 도와줄래?"

미루가 말했어요.

"흥, 쓸모없다더니 이제야 내 소중함을 깨달은 건가?"

뭉치는 턱을 치켜들며 날개를 파닥거렸어요. 그 모습에 미루는 웃음을 참지 못했지요.

"네가 꼭 필요한 곳이 있어. 너만 할 수 있는 일이야."

"뭐, 그렇다면. 이번 한 번만 용서해 주도록 하지. 그게 뭔데?"

미루는 뭉치를 손바닥에 소중하게 올리고 교실로 향했어요. 아까만큼 빠르고 씩씩하게 달려갔지요. 그리고 뭉치의 날개를 자기가 만든 점토 작품에 붙였어요. 뭉치가 기꺼이 날개를 내주었거든요. "특별히 오늘만 주는 거야." 하면서요.

수업이 끝나고 모두 집에 가려던 참이었어요. 선생님이 아이들이 만든 점토 작품을 하나하나 살펴보다가 미루의 점토 앞에서 우뚝 멈추었어요.

"와, 미루가 정말 멋진 작품을 만들었구나. 이게 뭐니?"

선생님이 물었어요.

"요정이에요. 학교의 요정!"

"학교의 요정이라고? 아이디어 좋은걸! 날개도 아주 멋지네."

선생님의 칭찬에 미루의 얼굴이 빨개졌어요.

그때 아윤이가 끼어들었어요.

"선생님! 미루가 왜 그렇게 만들기를 잘한지 아세요? 바로 제 선물 덕분이에요."

아윤이는 자기가 만든 시계 점토를 들어 보이며 말했어요.

"미루는 시간이 조금 더 필요하거든요. 그래서 제가 시간을 만들어줬어요. 그랬더니 이렇게 멋지게 완성했어요. 그렇지, 미루야?"

아윤이는 뽐내는 얼굴로 미루를 바라봤어요. 미루는 그만 푸하하 웃고 말았어요. 그새 새 날개를 만들어 단 뭉치도 배를 붙잡고 깔깔 웃었답니다.

틀리면 다시 하면 돼

며칠이 지났어요. 미루는 줄넘기를 꼭 쥐고 강당으로 갔어요.

"미루야, 연습했어? 줄넘기 말이야!"

아윤이의 말에 미루는 고개를 끄덕였어요. 어제부터 오늘 아침까지 열심히 연습했거든요.

"오늘은 짝 줄넘기예요. 모두 짝이랑 마주 서세요!"

선생님의 말씀에 아윤이와 미루가 마주 보았어요.

아윤이의 눈에는 보이지 않지만, 미루의 어깨 위에는 먼지 뭉치 하나가 앉아 있었어요.

"걱정 마. 할 수 있어. 틀리면 다시 하면 돼!"

먼지 뭉치가 소곤거렸어요. 미루는 침을 꿀꺽 삼키고 고개를 끄덕였어요.

"내가 하나, 둘, 셋 하면 뛰는 거야. 자, 하나 둘 셋!"

아윤이의 말에 맞추어 미루가 풀쩍 뛰었어요. 한 번, 두 번, 세 번!

"와아!"

아윤이와 미루가 짝 줄넘기를 세 번이나 넘은 거예요.

"우리가 해냈어!"

아윤이가 미루의 손을 잡고 팔짝팔짝 뛰었어요. 먼지 뭉치도 까르르 웃으며 강당 꼭대기까지 날아올랐어요.

미루는 모둠발 넘기에도 도전했어요. 다섯 번을 쉬지 않고 넘자 반 친구들이 모두 손뼉을 쳐주었어요.

학교에는 어려운 것투성이예요. 하지만 미루는 포기하지도 달아나지도 않기로 했어요. 학교의 요정과 그렇게 약속했거든요.

어떤 이야기지?

미루는 학교생활이 너무 힘들었어요.

급식 먹기, 줄넘기, 받아쓰기 등 모두 어렵기만 했지요.

거기에다 아윤이의 잔소리는 미루를 더 힘들게 했어요.

우연히 만난 먼지 뭉치의 응원과 아윤이의 도움으로

드디어 미루는 짝 줄넘기와 모둠발 넘기에 성공했어요.

학교생활은 어려운 것투성이지만

미루는 절대 포기하지 않기로 다짐했어요.

미루 옆에는 학교의 요정 뭉치와 친구들이 있거든요.

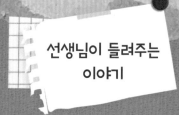

어느 초등학교 1학년 교실에 미루라는 친구가 있었어요. 미루
는 줄넘기, 받아쓰기, 급식 먹기가 너무 어려웠어요. 옆짝 아윤이
의 잔소리도 너무 싫었고요. 점점 자신감은 없어지고 학교생활은
마냥 힘들기만 했어요.

그러던 어느 날, 미루는 아주 특별한 친구를 만났어요. 먼지 요
정 뭉치였지요. 뭉치는 미루가 힘들어할 때마다 옆에서 속삭이며
용기를 북돋아 줬어요. "괜찮아, 틀리면 다시 하면 돼!" 뭉치의
말에 미루는 용기를 내서 줄넘기에 도전하게 되었어요.

처음에는 잔소리만 하던 아윤이도 미루의 속도를 인정해 줬어
요. 미루에게는 시간이 좀 더 필요하다는 것을 알게 된 거예요. 아
윤이의 신호에 따라 미루는 드디어 짝 줄넘기와 모둠발 넘기를 성

공했어요. 친구들은 손뼉을 치며 미루를 응원했지요. 그제야 미루는 깨달았어요. 학교생활이 힘들 수는 있어도 포기하지 않으면 꼭 극복할 수 있다는 것을요.

학교생활에는 어려운 것들이 많을 수 있어요. 하지만 함께 노력하고 서로의 속도를 이해하고 도와준다면 그 어려움도 충분히 이겨낼 수 있어요. 미루와 아윤이가 보여준 것처럼 말이에요.

친구 여러분도 서로 격려하며 어려움을 함께 극복해 보면 어떨까요? 그렇게 한다면, 학교는 더 재미있고 행복한 곳이 되고 여러분의 학교생활은 무척 쉬워질 거예요. 지금 바로 친구들에게 말해 보세요. "괜찮아, 틀리면 다시 하면 돼!"

1. 빈칸에 알맞은 낱말을 넣어 보세요.

① 미루는 줄넘기가 어려워서 ☐☐ 을 푹푹 쉬었어요.

② 미루는 먼지 요정 ☐☐ 를 만난 후 자신감을 얻기 시작했어요.

③ 뭉치는 "걱정 마. 할 수 있어. 틀리면 ☐☐ 하면 돼!"라고 말했어요.

④ 아윤이와 미루는 짝 줄넘기를 ☐ 번이나 성공했어요.

⑤ 나한테는 내 ☐☐ 가 있단 말이야.

2. 글의 내용을 다른 친구에게 들려주고 싶어요. 단어 5개를 선택한 후
   그 단어를 넣어서 줄거리를 요약해 보세요.

선택한 단어

줄거리 요약하기

3. 글의 내용과 일치하는 것은 O에, 일치하지 않는 것은 X에 표시해
   보세요.

   ① 미루는 줄넘기를 좋아했다.   O / X

   ② 먼지 요정 뭉치는 107년 동안 학교에 살았다.   O / X

   ③ 아윤이는 미루에게 짝 줄넘기를 같이 하자고 했다.   O / X

   ④ 미루는 모둠발 넘기를 한 번도 성공하지 못했다.   O / X

   ⑤ 뭉치는 미루에게 날개를 빌려줬다.   O / X

4. 글의 내용을 읽고 스스로 생각해 보세요.

   • 여러분도 미루처럼 학교생활이 힘들었던 경험이 있나요? 구체적으로
     적어 보세요.

   _____

   _____

   • 여러분이 미루라면 학교생활의 어려움을 어떻게 이겨내면 좋을까요?
     의견을 자유롭게 적어 보세요.

   _____

   _____

준이의
운동화

하얀 운동화는 싫어

준이에게 새 운동화가 생겼어요. 번개 표시가 그려진 하얀 운동화예요.

준이는 하얀 운동화를 흘끔 보더니, "뭐 이런 못생긴 걸 사 왔어?" 하고 화를 냈어요.

"너 번개맨 좋아하잖아."

엄마가 말했어요.

"야광 운동화 갖고 싶다며?"

아빠도 말했어요.

"이젠 아니야. 내가 뭐 어린앤가!"

하얀 운동화는 깜깜한 신발장 구석으로 숨어들었어요. 깊숙한 구석을 찾아 들어갈수록 하얀 운동화의 심장은 점점 쪼그라들었어요. 한 달 또 한 달, 시간이 흘렀어요. 운동화의 심장은 마른 나뭇잎처럼 변해갔어요.

"이러다 버려지겠지. 쓰레기장에서 시궁쥐에게 갉아먹히고 말 거야."

하얀 운동화는 혼자 중얼거렸어요.

그러던 어느 날이었어요.

"내 운동화 어딨어?"

준이가 까만 운동화를 찾아요. 하룻밤만 지나면 운동회가 열리거든요. 미리 달리기 연습을 할 거라서 운동화를 신고 가야 했어요. 그런데 아빠가 그걸 모르고 준이의 운동화를 빨아 버렸어요. 늘 신던 까만 운동화는 축축하게 젖어 있었어요.

"샌들이라도 신고 갈래?"

엄마는 신발장을 열었어요. 그러다 그 운동화를 보았죠. 번개 표시가 그려진 하얀색 야광 운동화 말이에요.

"맞다, 이 신발을 깜빡 잊고 있었네!"

엄마가 반기며 말했어요.

"오늘만 이거 신고 가자."

아빠는 하얀 운동화를 꺼내 준이 앞에 내밀었죠. 갑자기 밖으로 나오게 된 하얀 운동화는 눈이 부셔서 두 눈을 꾹 감았어요.

"날 다시 넣어 줘. 밝은 세상은 싫어!"

하지만 아무도 그 말을 듣지 못했죠.

준이는 투덜거리며 하얀 운동화를 신었어요.

"난 신발장이 좋아. 깜깜한 곳에 숨어 있고 싶다고!"

하얀 운동화가 이렇게 소리치는데도 말이에요.

준이는 학교를 향해 갔어요. 타박타박 걷기도 하고 탁탁탁 달리기도 했어요. 하얀 운동화는 견딜 수가 없었어요. 흙 알갱이가 신발 바닥을 찌르는 게 싫었어요. 빵빵거리는 자동차 소리에 깜짝깜짝 놀랐고요. 하얀 운동화는 이리저리 몸을 뒤틀었어요. 그 바람에 준이는 제대로 걸을 수 없었어요.

"이 운동화 진짜 마음에 안 들어."

세 번째로 발을 삐끗했을 때, 준이는 운동화를 차갑게 쏘아보며 말했어요. 하얀 운동화가 품고 있던 심장은 이제 나무토막처럼 딱딱해져 버렸어요.

심장이 뛰지 않는 운동화라고?

학교에 도착한 준이는 실내화로 갈아신은 다음, 1학년 3반 신발장에 운동화를 넣었어요. 신발주머니 채로 말이에요. 곧 이어 수업이 시작되었어요. 복도에는 오가는 사람 하나 없었어요.

하얀 운동화는 후유, 한숨을 내쉬었어요.

"이제 좀 살 것 같네."

하얀 운동화는 신발주머니 안으로 파고들며 눈을 감았어요. 어디든 숨어있는 게 좋았거든요.

복도가 조용해지자, 신발주머니 안에 있던 3반 아이들의

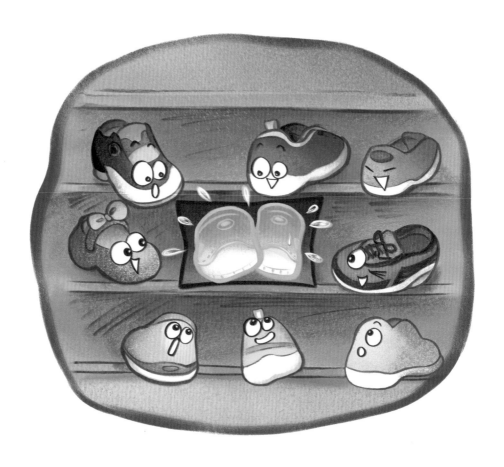

신발들이 하나둘 고개를 내밀었어요.

"어? 못 보던 신발인데?"

"어디 어디?"

"준이 자리야. 운동회 한다고 새 운동화 샀나 봐!"

"준이 운동화면 달리기도 잘하겠는데?"

"쿵쿵, 심장도 엄청나게 세게 뛸걸!"

같은 칸에 나란히 놓인 신발주머니들이 들썩였어요.

"애! 나와 봐."

"얼굴 좀 보여 줘."

신발들은 고개를 빼꼼 내밀고 하얀 운동화를 보려고 했어요. 그럴수록 하얀 운동화는 안으로 파고들었죠. 그러다 준이의 신발주머니는 자기 자리를 벗어났어요. 옆에 있던 빨간 운동화가 신발주머니 안에서 눈을 이리저리 굴리더니 소리쳤죠.

"야광이다! 번개맨 운동화야!"

"어디 어디?"

신발들은 서로 하얀 운동화를 보겠다고 야단이었어요. 신발장이 들썩들썩했죠. 하얀 운동화는 부끄러웠어요. 준이가 그랬던 것처럼 못생겼다고 할까 봐 걱정됐어요. 아무도 못 보게 숨고 싶었어요. 그래서 몸을 뒤틀다 그만 빨간 운동화의 신발주머니를 툭 치고 말았어요.

"으악!"

빨간 운동화가 비명을 지르며 복도로 떨어졌어요. 빨간 운동화 두 짝이 복도에 나뒹굴었어요. 시끄럽던 신발장이 갑자기 조용해졌어요. 모두 너무 놀라 할 말을 잃은 거예요.

"어떻게 이럴 수 있어? 반가워서 인사하는데 밀어?"

빨간 운동화가 울먹였어요.

"맞아. 준이 예전 운동화는 안 그랬는데."

"정말 못됐다."

운동화들이 수군거렸어요. 하얀 운동화는 아니라고 말했어요. 아주 조그맣게요. 하지만 아무도 그 말을 들어주지 않았어요. 복도에 떨어진 빨간 운동화는 하얀 운동화를 노려보고 있었어요. 하얀 운동화는 눈을 꾹 감고, 귀를 꽉 막은 채 신발주머니 안쪽으로 비집고 들어갔어요.

다음 시간은 체육이에요. 네 명씩 달리기하는데 준이는 맨 마지막 순서예요. 달리기를 아주 잘하니까요.

하지만 아까부터 준이는 어딘가 불편해 보였어요. 운동화 때문이에요. 하얀 운동화는 운동장을 밟을 때부터 몸을 비비

꼬고 있어요. 모래알이 너무 따가웠어요. 환한 햇살이 너무 눈 부셨어요. 다른 신발들이 자기를 노려보는 것도 싫었어요. 숨고 싶었지만 그럴 수가 없었어요. 준이는 앞을 봐야 할 때 자꾸 옆을 봐 발을 삐끗했어요.

"에이, 다시는 이거 신나 봐라."

준이의 말을 들은 하얀 운동화는 금세 시무룩해졌죠.

"야! 너 얼마나 잘 달리나 내가 한번 볼게."

빨간 운동화가 사나운 목소리로 말했어요.

이제 준이가 달릴 차례예요. 반 아이들은 모두 준이를 응원했어요. 운동화들은 아이들과 반대였어요. 모두 차갑게 노려보고 있었어요. 하얀 운동화는 온몸이 굳는 것 같았어요.

'날 그렇게 처다보지 마. 제발!'

하얀 운동화는 눈을 감아버렸어요.

"준비, 출발!"

선생님이 깃발로 신호를 주었어요. 하지만 준이는 얼마 달리지도 못하고 넘어지고 말았어요. 운동화 때문이었어요. 겁이 난 운동화가 바들바들 떠느라 신발 끈이 풀려버렸거든요.

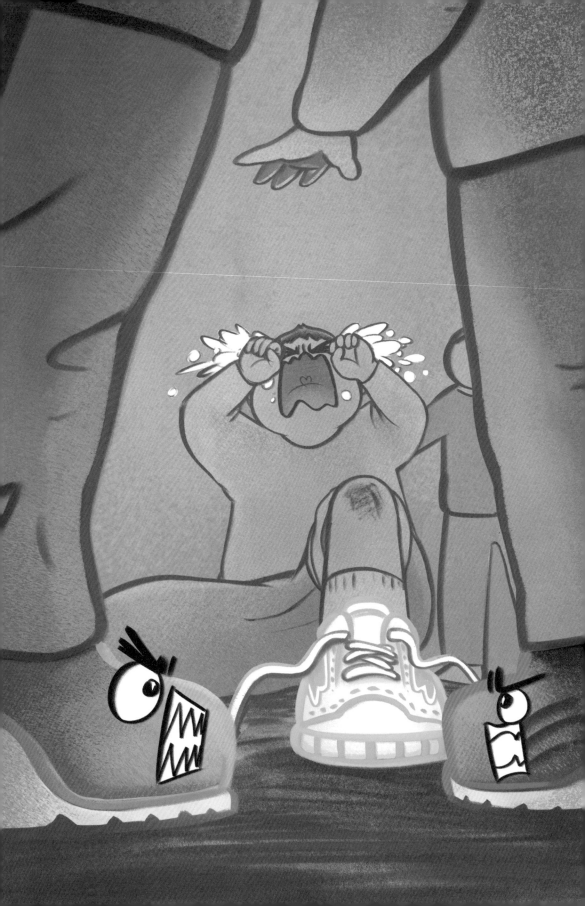

준이가 바지를 걷어 올리자, 무릎에 빨간 핏방울이 맺혀 있었어요. 준이는 으허엉 하고 울음을 터뜨렸어요. 반 아이들이 다가와 준이를 토닥였어요. 하지만 운동화들은 달랐죠.

"야! 우리 반이 지면 네가 책임질 거야?"

"너 때문에 준이가 울잖아!"

운동화들은 준이의 운동화를 툭툭 찼어요.

"어라? 이제 보니 애 말이야. 심장도 없나 봐!"

"뭐? 어쩐지!"

"심장도 뛰지 않는 운동화가 달리기를 어떻게 하겠어?"

"어휴, 정말 엉망이다."

운동화들이 불평을 했어요. 모두 운동회만 걱정했어요. 하얀 운동화의 마음 같은 건 물어보지도 않았죠.

"일부러 그런 건 아니야. 난, 난….''

하얀 운동화는 울먹였어요. 하지만 아무도 달래주지 않았어요. 그날 하루가 다 지날 때까지 운동화들은 아무도 하얀 운동화에게 말을 걸지 않았어요. 자기들끼리만 수군거렸죠.

청소 시간이 되었어요. 선생님이 커다란 쓰레기통을 가져왔어요. 운동회를 앞두고 대청소하려는 거예요.

"자, 모두 쓰레기를 여기 버리세요!"

아이들은 책상 서랍과 사물함에 있던 오래된 쓰레기들을 버리기 시작했어요. 청소하는 아이들에게 밀려 쓰레기통은 신발장 바로 아래까지 왔어요. 아이들이 쓰레기를 버릴 때마다 하얀 운동화가 있는 곳까지 풀썩풀썩 먼지가 일었어요.

그때였어요. 빨간 운동화가 자기 옆에 있는 다른 운동화랑 귓속말을 하더니 킥킥 웃었어요. 그러더니 준이의 신발주머니를 툭 치는 거예요. 신발주머니는 아슬아슬하게 신발장에 반쯤 걸쳐졌어요.

"제대로 달리지도 못하잖아. 너도 저기 들어가야겠다!"

빨간 운동화의 말에 다른 신발들이 와하하 웃었어요.

"밀어버려. 저 바보, 다시는 오지 못하게!"

다른 운동화들이 빨간 운동화를 부추겼어요.

"싫어. 하지 마!"

하얀 운동화는 바들바들 떨었어요. 신발장 끝부분을 꼭 붙

66

들고 매달렸어요. 그 모습을 못 본 척, 빨간 운동화는 준이의 신발주머니를 툭 쳤어요.

"으아아!"

하얀 운동화는 신발주머니를 벗어나 그대로 쓰레기통으로 빠졌어요. 그때 한 아이가 커다란 비닐 뭉치를 가져와서 쓰레기통에 집어넣었어요. 그 바람에 하얀 운동화는 사람들 눈에 띄지 못했어요. 그대로 쓰레기장으로 가버리게 되었죠.

비 오는 소각장에서

그날 밤, 쓰레기차가 와서 학교의 쓰레기봉투를 모두 싣고 갔어요. 하얀 운동화는 덜컹거리는 쓰레기차 안에서 덜덜 떨고만 있었어요.

"결국 이렇게 되고 말았어. 아무도 날 좋아하지 않아. 이러다 쥐에게나 갉아 먹히겠지."

하얀 운동화는 혼잣말을 하며 흑흑 흐느꼈어요.

"거기! 조용히 좀 해. 잠을 잘 수가 없잖아."

누군가 짜증스러운 목소리로 말했어요.

"맞아. 혼자 가는 것도 아니고."

다른 쓰레기들도 투덜댔어요. 하얀 운동화는 입을 삐죽거리며 울음을 참아야 했어요.

얼마나 달렸을까요. 쓰레기차가 멈추더니 차에 실린 것들을 모두 바닥에 쏟아냈어요. 하얀 운동화를 담은 쓰레기봉투도 산처럼 높이 쌓인 쓰레기들 위로 우당탕 떨어졌어요.

하얀 운동화는 쓰레기봉투 밖을 빼꼼 내다보았어요. 깜깜한 밤이었어요. 추적추적 비가 내리고 있었어요. 다행히 하얀 운동화는 젖지 않았어요. 쓰레기봉투 안에 있었으니까요.

"여기가 어디지?"

하얀 운동화는 두리번거리며 혼잣말했어요.

"어디긴 어디야. 소각장이지."

쓰레기봉투 밖에서 누군가 말했어요.

"소각장? 그게 뭔데?"

"그것도 몰라? 다 태워서 없어지는 곳이지. 불로 활활."

불이라니, 다 태우다니. 하얀 운동화는 깜짝 놀랐어요. 그리고 땅이 꺼지도록 한숨을 내쉬었어요.

"심장 소리 한 번 못 듣고 불에 타서 사라지다니."

하얀 운동화는 울먹였어요. 몸이 저절로 부르르 떨렸어요.

그때 비 맞은 쓰레기 더미 위로 무언가 타박타박 다가오는 소리가 들렸어요.

그리고 톡톡 쓰레기봉투를 두드렸어요.

운동화가 눈을 굴려 밖을 보니 우산이 보였어요.

손잡이가 부러진 노란 우산이 인사하듯 살랑살랑 몸을 돌리고 있는 거예요.

"방금 두드린 게 너야?"

하얀 운동화가 물었어요. 부러진 우산은 살짝 고개를 들었어요. 그러자 우산 아래에 있던 구두 한 켤레가 모습을 드러냈어요.

척 봐도 낡고 오래된 구두였어요.

"소각장에 왔다고 다 불타는 건 아니야. 얘도 간신히 살아나 재활용된 우산이거든."

구두가 우산을 가리켰어요. 우산은 맞다는 듯 고개를 끄덕였어요.

"희망을 잃지 말라고, 친구. 운이 좋으면 사람들이 널 다시 데려갈 거야. 그럼 이만."

구두는 이렇게 말하고는 다시 타박타박 쓰레기 산 쪽으로 걸음을 옮겼어요.

"운? 그게 뭐예요? 어떻게 좋아지는 건데요?"

하얀 운동화는 돌아서는 구두에게 물었어요.

"하, 이 친구 궁금한 게 많군. 그럼, 잠시 쉬어 갈까나."

구두의 말에 우산이 고개를 끄덕였어요. 우산은 부러진 손잡이를 비벼 쓰레기 더미 사이에 몸을 고정했어요. 바닷가 파라솔처럼 말이에요.

구두는 굽을 몇 번 들썩이더니 몸을 쭉 펴고 누웠어요. 하얀 운동화는 그 모습을 신기한 듯 바라보았어요.

"하얀 눈 위에 구두 발자국. 바둑이와 같이 간 구두 발자국."

앞코를 까딱까딱하며 노래도 불렀어요.

"지금 노래가 나와요? 여기 있으면 우린 다 사라진다고요. 난, 난 아직 심장도 없는데…."

하얀 운동화가 시무룩해져서 말했어요. 쓰레기 더미에 실려 온 건 알았지만 불에 타게 될 줄은 몰랐으니까요.

"심장이 없긴. 신발은 누구나 심장을 갖고 태어나는걸."

구두가 앞코를 까딱이며 말했어요.

"제 심장은 나무토막처럼 딱딱해요. 쿵쿵 뛸 수 없다고요. 시작부터 잘못됐어요. 준이가 나한테 차갑고 쌀쌀맞게 말해

74

서 내 심장이 뛰지 못한 거예요."

하얀 운동화가 울먹였어요.

"정말 그렇게 생각하니?"

구두가 까딱거리기를 멈추고 물었어요. 아까와 달리 진지한 목소리였어요.

"신발 가게에서 다 들었어요. 첫 번째 주인이 어떤 말을 해 주느냐에 따라 심장이 제대로 뛸 수도, 그렇지 않을 수도 있다고 말이에요. 나도 다 안다고요."

"반은 맞고 반은 틀렸어."

"네? 그게 무슨 소리예요?"

구두의 말에 하얀 운동화가 신발 끈을 쫑긋거렸어요.

"내 주인도 나를 처음 신었을 때 차갑게 말했지. 속아서 잘 못 샀다나. 하하하!"

구두의 말에 하얀 운동화는 깜짝 놀랐어요. 그런 말을 하다니 정말 심했지 뭐예요.

"하지만 난 믿었어. 신다 보면 분명 나를 좋아하게 될 거라고."

"심장이 딱딱해지지 않고요?"

"그럼! 몇 번이나 굽을 바꿔가면서 신었는걸. 가죽이 찢어져 더는 신지 못하게 될 때까지."

"우와!"

하얀 운동화는 저도 모르게 탄성을 질렀어요.

"십 년 동안 여기저기 참 많이도 다녔지. 어떠냐? 이래도 주인의 말에 심장이 뛴다고 생각해?"

구두의 말에 하얀 운동화는 대답하지 못했어요.

어느새 비가 개었어요.

"내가 나를 믿을 때 심장은 뛴다."

구두의 말에 운동화의 몸이 떨렸어요.

'믿으면, 뛴다고? 나도 할 수 있을까?'

두근두근 몸 깊은 곳에서 무슨 소리가 들렸어요. 하얀 운동화는 고개를 저었어요.

"이제 와서 그게 다 무슨 소용이에요. 여기 이 쓰레기장에서 말이에요!"

하얀 운동화는 쓰레기봉투에 고개를 묻었어요.

"어쨌거나 친구, 끝까지 희망을 잃지 말아. 그럼 우린 이만 가볼까? 비가 그쳤으니 웅덩이 놀이도 할 수 있겠는걸."

구두의 말에 우산이 착착 몸을 접었어요. 둘은 팔짝팔짝 뛰어 쓰레기 산 너머로 사라졌어요. 구두가 부는 휘파람 소리도 점점 멀어졌어요.

혼자 남은 하얀 운동화는 쓰레기봉투 안에서 이리저리 뒤척였어요. 아까부터 자꾸만 두근두근, 떨림이 느껴졌거든요. 구두의 말을 들은 이후부터 말이에요. 그게 심장이 뛰는 소리라는 걸 하얀 운동화는 알았어요.

두근, 두근두근. 두근두근두근!

"내가 다시 달릴 수 있을까?"

운동화는 혼잣말하더니 "아니야, 난 다 끝났어." 하고 고개를 저었어요. 그리고 제 몸을 꼭 껴안은 채 억지로 잠을 청했어요. 신발장에서 그랬을 때처럼 말이에요.

얼마나 지났을까요. 부스럭거리는 소리가 들렸어요.

"찍찍, 찍!"

조그만 시궁쥐 한 마리가 쪼르르 다가오더니 쓰레기봉투 앞에 멈춰 섰어요.

"엄마! 아빠!"

가족을 잃어버렸나 봐요. 시궁쥐는 비에 쫄딱 젖은 채로 애타게 엄마와 아빠를 불렀어요. 그러다 하얀 운동화를 보더니 이렇게 말했어요.

"어? 반짝반짝 빛난다!"

시궁쥐는 쓰레기봉투를 헤치고 들어와 운동화 앞에 코를 바짝 갖다 댔죠.

"뭐가 빛난다는 거야?"

하얀 운동화가 뒤로 주춤 물러나며 말했어요.

"너 말이야, 내가 잠깐 들어가도 될까? 다리도 아프고 배도 너무 고파."

시궁쥐가 수줍어하며 말했어요.

하얀 운동화는 드디어 올 게 왔다고 생각했죠.

"날 잡아…먹으려고?"

하얀 운동화는 신발 끈을 바르르 떨며 물었어요.

"뭐? 푸하하!"

시궁쥐는 큰 소리로 웃으며 하얀 운동화 안으로 비집고 들어갔어요.

"내가 왜 널 먹니?"

시궁쥐는 딱딱해진 빵조각 하나를 꺼내 먹기 시작했어요.

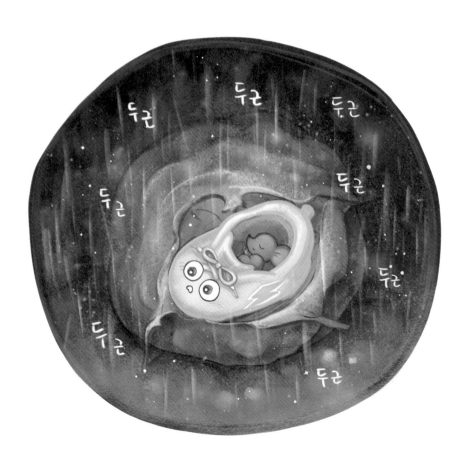

사각사각 빵 갉아먹는 소리에 하얀 운동화는 움찔움찔 놀랐죠. 쿵쿵, 쿵쿵. 심장도 덩달아 뛰기 시작했어요.

한참이 지났어요.

"아, 배부르고 따뜻해. 심장 소리도 듣기 좋구나."

시궁쥐가 네 다리를 쭉 뻗었어요.

"이게 들린다고? 아냐. 난 심장 같은 거 없어."

하얀 운동화는 몸을 바짝 움츠렸어요.

"무슨 소리야? 다 들리는걸. 꼭 엄마랑 같이 잘 때처럼 좋아."

하얀 운동화는 이제 더 이상 심장 소리를 숨길 수 없다는 걸 깨달았어요. 두근두근, 쿵쿵쿵쿵. 심장이 뛰는 소리가 점점 커졌지만, 그 소리에 맞춰 쌔근쌔근 잠든 시궁쥐의 모습이 싫지는 않았어요.

"난 내가 별을 찾은 줄 알았지 뭐야. 너처럼 빛나는 건 처음 봤어. 밤인데도 어떻게 그렇게 빛을 낼 수 있어?"

시궁쥐가 졸린 목소리로 물었어요.

"빛난다고? 별이라고?"

"널 만나서 좋아."

"좋다고? 내가?"

시궁쥐는 대답 대신 하품을 쩍 했어요. 그리고 깊은 잠에 빠져들었어요. 하지만 하얀 운동화는 쉽게 잠들 수 없었어요.

쿵쿵쿵쿵.

운동화 깔창 아래, 심장의 울림이 더 커지기 시작했거든요.

쿵쾅쿵쾅.

시궁쥐에게 따뜻하고 다정한 말을 잔뜩 들은 심장이 점점 크게 고동치고 있었어요. 더는 막을 수 없었어요. 심장이 세게 뛰는 만큼 하얀 운동화는 달리고 싶었어요. 세상에 단 하나뿐인 모습 이대로, 별처럼 빛나는 모습으로 말이에요.

"흐음, 따뜻해. 정말 좋아."

시궁쥐가 몸을 뒤틀며 종알댔어요. 잠꼬대를 하나 봐요.

하얀 운동화는 마음이 부풀었어요.

쿵쿵쿵쿵.

당장이라도 달리고 싶었어요.

아침이 되었어요.

멀리 해가 뜨고 있었죠. 하얀 운동화는 비가 그친 거리로
뛰쳐나가고 싶었어요. 하지만 그럴 수 없었어요. 이제 곧 불
에 타 없어질 몸인걸요.

그때였어요. 누군가 걱정스럽게 부르는 소리가 들렸어요.

"아가! 우리 아가 어딨니?"

시궁쥐가 그 목소리를 듣고는 쪼르르 나가 소리쳤어요.

"엄마! 아빠! 여기예요!"

시궁쥐는 그렇게 엄마와 아빠를 만났어요. 아기 시궁쥐는

길을 잃었을 때부터 지금까지 일어난 일을 모두 종알종알 이야기하느라 바빴어요. 하얀 운동화를 만난 이야기도 빼놓지 않았죠.

"그 별이 바로 여기 있어요."

아기 시궁쥐가 하얀 운동화를 가리켰어요.

"아주 멋진 운동화구나."

"나도 빛나는 운동화는 처음인걸. 정말 고맙다."

시궁쥐 엄마와 아빠는 하얀 운동화에게 몇 번이나 인사를 했어요.

"우리 아기를 구해줬으니, 보답해야지."

"그래. 그래야지. 우리가 뭘 해주면 좋을까?"

시궁쥐 가족이 눈을 반짝이며 하얀 운동화를 바라보았어요. 하얀 운동화는 이미 마음속으로 답을 정해놓았지요.

"달리고 싶어요. 운동회에서 꼭 한번 달려보고 싶어요!"

하얀 운동화는 준이에게 돌아가고 싶었어요. 돌아가서 멋지게 달리는 걸 보여 주고 싶었어요. 모두에게 말이에요.

시궁쥐 가족은 "좋아!" 하며 하얀 운동화를 번쩍 들어 올렸어요. 시궁쥐 엄마 아빠는 이 도시의 구석구석 모르는 곳이 없었거든요. 시궁쥐 가족은 하얀 운동화를 번쩍 들고 쪼르르 쪼르르 달렸어요. 그리고 마침내 준이의 학교를 찾아냈지요. 시궁쥐들은 1학년 3반 교실, 신발장 맨 위 칸에 하얀 운동화를 내려주고 돌아갔어요.

진짜 번개맨의 신발 같아!

운동회 날 아침이 되었어요. 신발장에 돌아온 하얀 운동화를 보고 다른 신발들이 깜짝 놀랐어요.

"어떻게 된 거야? 넌 분명히 내가 밀었는데."

빨간 운동화가 침을 꿀꺽 삼키며 물었죠.

"넌 나를 일부러 밀었지? 난 아니었어."

하얀 운동화는 빨간 운동화를 똑바로 보고 말했어요. 쿵쿵, 심장이 뛰는 게 느껴졌어요.

"미, 미안해. 난 너랑 친해지고 싶었던 건데….'

빨간 운동화는 하얀 운동화를 쳐다보지도 못했어요.

"사과 받아줄게. 다시는 그러지 마!"

빨간 운동화는 말없이 고개만 끄덕였어요. 신발장에 있던 운동화들이 모두 웅성거렸어요. 하룻밤 사이 당당하고 씩씩 해진 하얀 운동화가 낯설었거든요.

준이는 맨 마지막으로 학교에 왔어요. 어젯밤 비가 내려서 까만 운동화가 마르지 않았던 거예요. 젖은 운동화를 신고 달릴 생각에 속상했던 준이는 신발장을 보고 반가워 소리쳤 어요.

"와! 찾았다! 내 운동화가 돌아왔어!"

뜻밖의 말에 하얀 운동화는 기뻤어요. 준이가 처음으로 자 신에게 따뜻한 말을 해주었으니까요. 하얀 운동화는 준이에 게 안긴 채 쿵쾅쿵쾅 심장 뛰는 소리를 들었어요.

준이는 운동화를 갈아 신고 운동장으로 나갔어요.

"오늘은 뭔가 느낌이 다른걸. 진짜 번개맨의 신발이라도 신은 것 같아!"

준이의 말에 하얀 운동화는 부끄러웠어요. 하지만 눈을 번쩍 떴어요. 번개맨의 표시가 그려진 운동화인걸요. 밤에도 반짝반짝 별처럼 빛나는 야광 운동화인걸요.

"사실은 나 아직도 번개맨 좋아해. 친구들이 놀릴까 봐 아니라고 한 거야."

준이가 신발을 고쳐 신으며 속삭였어요. 마치 하얀 운동화에게 들으라는 듯 말이에요.

하얀 운동화는 겨드랑이가 자꾸 간질간질했어요. 깃털을 단 것처럼 몸이 가벼웠어요. 어서 달리고 싶은 마음뿐이었지요.

"나는 달릴 거야. 내 모습 그대로!"

하얀 운동화는 신발 끈을 꽉 쥐었어요. 그리고 앞을 향해 나아갔지요. 흙 알갱이가 여전히 따가웠어요. 햇살도 아주 눈이 부셨고요. 하지만 아무것도 피하지 않았어요.

운동회가 열리는 내내 준이는 한 번도 발을 삐끗하지 않았어요. 신발 끈이 풀리지도 않았고요.

마지막 순서가 되었어요. 1학년은 반에서 한 명씩, 모두

네 명이 한 줄로 서서 달리기했어요. 맨 뒷줄에는 물론 준이가 있었지요.

모두가 준이를 보았어요. 하얀 운동화도 보았어요. 하얀 운동화는 사람들의 눈빛을 피하지 않았어요. 얼마든지 잘 달릴 자신이 있었거든요.

"준비, 출발!"

선생님의 신호에 맞추어 준이가 튀어 나갔어요.

"와아!"

"준이 잘한다!"

반 아이들 모두 준이를 응원했어요. 하지만 옆자리에서 뛰던 아이가 휘청하면서 준이의 발을 걸고 말았지요. 그 아이는 앞으로 나아가는데 준이만 넘어졌어요.

"아, 어떡해!"

모두 안타까워 소리쳤어요.

"아니야, 할 수 있어!"

준이와 하얀 운동화는 동시에 외쳤어요. 그리고 벌떡 일어나 달렸죠. 준이는 주먹을, 하얀 운동화는 운동화 끈을 꼭 쥐고 말이에요.

준이는 꼴찌를 따라잡았어요.

"와아아!"

반 아이들이 함성을 질렀어요. 곧바로 한 명 더 따라잡았지요. 그렇게 결승선으로 들어왔어요. 준이는 3등을 했답니다.

"괜찮아!"

"대단하다, 준이!"

반 아이들이 모두 준이를 향해 달려왔어요.

"제법인걸!"

다른 운동화들도 하얀 운동화를 칭찬했어요.

"너 좀 멋지더라."

빨간 운동화가 쑥스러워하며 하얀 운동화에게 말했어요.

"응, 맞아. 나도 그렇게 생각해!"

하얀 운동화는 활짝 웃으며 말했어요.

다음 날 아침이 되었어요.

"준아! 네가 찾던 운동화 다 말려놨다."

아빠가 학교에 가는 준이에게 까만 운동화를 내밀었어요.

"내 운동화 이건데?"

준이는 벌써 번개맨 운동화를 신고 있었죠. 하얀색의 야광
운동화 말이에요.

"싫다며?"

엄마가 눈을 동그랗게 뜨고 물었어요.

"아니. 난 이 운동화가 제일 좋아."

준이는 탁탁, 운동화를 고쳐 신고 씩씩하게 밖으로 나갔어요.

쿵쿵, 심장이 뛰어요. 하얀 운동화의 심장이 뛰어요. 흙 알갱이는 따갑고 바람은 쌀쌀해도 하얀 운동화는 겁나지 않아요. 세상에 단 하나뿐인 운동화인걸요. 반짝반짝 빛나고 멋진 준이의 번개맨 야광 운동화 말이에요.

어떤 이야기지?

준이에게 하얀 운동화가 새로 생겼어요.
그런데 하얀 운동화는 준이의 차가운 말 때문에
심장이 뛰지 않는다고 생각하며
어두운 구석으로만 숨어들었지요.
하얀 운동화는 소각장에서 만난
시궁쥐의 따뜻한 말에 심장이 뛰는 소리를 듣게 돼요.
그리고 운동회에서 달리고 싶은 마음이 생기지요.
시궁쥐 가족의 도움으로 다시 신발장으로 돌아오게 된
하얀 운동화는 자기를 반기는 준이의
따뜻한 말을 듣고 기뻐해요.
하룻밤 사이에 당당하고 씩씩해진 하얀 운동화는
준이와 하나가 되어 열심히 달렸어요.
빛나고 멋진 하얀 운동화는
이제 아무것도 겁나지 않게 되었어요.

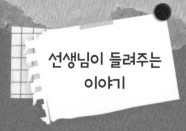
　준이는 부모님으로부터 번개 표시가 그려진 하얀 운동화를 선물로 받았어요. 그런데 준이는 못생긴 걸 사 왔다고 화를 냈어요. 그 말을 들은 하얀 운동화는 신발장 구석으로 숨어들었고 심장은 쪼그라들었어요.

　신발장에 놓인 하얀 운동화는 주변 운동화들이 자신을 못생겼다고 할까 봐 구석으로 숨고 싶었어요. 그런데 준이는 하얀 운동화를 신고 달리다가 넘어져 무릎을 다치고 말았어요. 신발장에 있던 다른 운동화들은 하얀 운동화의 말은 들어주지도 않고 하얀 운동화 때문에 준이가 다쳤다고 비난했어요. 빨간 운동화는 일부러 하얀 운동화를 밀어서 쓰레기통으로 떨어지게 했지요.

　하얀 운동화는 소각장에서 만난 구두와 대화하며 심장이 뛰는 소리를 듣게 돼요. 그리고 시궁쥐의 따뜻한 말에 마음은 점점 부

풀어 오르고 달리고 싶은 마음이 생기게 되지요. 다행히 시궁쥐 가족의 도움으로 다시 학교로 돌아온 하얀 운동화는 전날과 다른 모습이었어요.

하룻밤 사이 당당하고 씩씩해진 하얀 운동화는 준이와 함께 열심히 달렸어요. 다른 운동화들의 칭찬과 준이의 따뜻한 말을 듣게 된 하얀 운동화는 더 이상 구석으로 숨어들 필요가 없게 되었어요. 이제 하얀 운동화는 세상에서 단 하나뿐인, 빛나고 멋진 운동화가 되었으니까요.

우리가 하는 말 한마디가 다른 사람에게 얼마나 큰 영향을 끼치는지 알 수 있겠죠? 앞으로 '차가운 말'보다는 '따뜻한 말'로 다른 사람의 심장을 뛰게 해 보아요.

1. 빈칸에 알맞은 낱말을 넣어 보세요.

- 운동화의 심장은 마른 ☐☐☐ 처럼 변해갔어요.

- 선생님이 ☐☐ 로 신호를 주었어요.

- 아기 ☐☐☐ 가 하얀 운동화를 가리켰어요.

- 하얀 운동화는 사람들의 ☐☐ 을 피하지 않았어요.

- 선생님의 ☐☐ 에 맞추어 준이가 튀어 나갔어요.

- 반 아이들이 ☐☐ 을 질렀어요.

2. 글을 읽고 빈칸을 채워 보세요.

- 하얀 운동화가 들었던 차가운 말을 찾아 써 보세요.

말을 한 인물	말의 내용	그 말을 들은 인물의 기분	그 말을 들은 인물의 행동

● 하얀 운동화가 들었던 따뜻한 말을 찾아 써 보세요.

말을 한 인물	말의 내용	그 말을 들은 인물의 기분	그 말을 들은 인물의 행동

3. 다음 장면을 시간 순서대로 번호를 매겨 보세요.

같이 생각하기

1. 평소에 듣는 말 중에서 따뜻한 말과 차가운 말에 해당하는 표현을 써 보세요.

말을 한 인물	말의 내용	그 말을 들었을 때의 기분

2. 빈칸에 알맞은 내용을 써 보세요.

자주 듣고 싶은 따뜻한 말	듣고 싶지 않은 차가운 말

3. '말'의 중요성을 잘 나타내는 속담이나 명언을 찾아 써 보세요.